I0730618

AVÉNEMENT
DE BONAPARTE
AU
TRÔNE IMPÉRIAL.

AVERTISSEMENT

AU

DE BONAPARTE

TRIBUNAT

AVÉNEMENT DE BONAPARTE AU TRÔNE IMPÉRIAL,

Prix extraordinaire proposé au Lycée de Dijon;

PAR Son Excellence le Président du SÉNAT-CONSERVATEUR, Titulaire de la Sénatorerie de la Côte-d'Or, FRANÇOIS (de Neufchâteau.)

Remporté par AIMÉ NANCY, de Dijon, Pensionnaire du Gouvernement.

A PARIS,

DE L'IMPRIMERIE DE BOSSANGE, MASSON ET BESSON.

AN XII. — MDCCCIV.

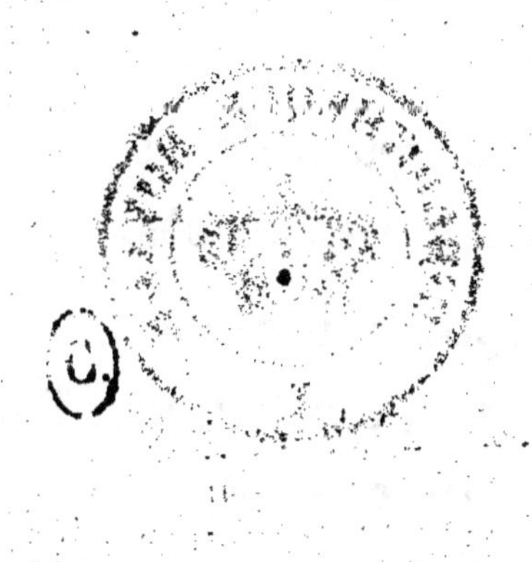

LETTRE D'ENVOI

A SON EXCELLENCE
LE PRÉSIDENT DU SÉNAT.

MONSEIGNEUR,

J'AI l'honneur de vous adresser la Composition qui a remporté le Prix extraordinaire que vous avez bien voulu proposer aux Élèves du Lycée. L'Auteur de ces vers est *Aimé Nancy*, de Dijon, Pensionnaire du Gouvernement. Ce jeune homme, recommandable par ses talens et sa bonne conduite, a suivi les Cours de Belles-Lettres et de Mathématiques, avec le plus grand succès.

La Composition qui a mérité l'*accessit*, est l'ouvrage d'*Auguste Piffond*, de Dijon, âgé de quinze ans.

Nous avons, au Lycée, beaucoup

A 3

d'Élèves qui ont d'heureuses dispositions. La bienveillance dont vous honorez cet Établissement, nous fournit un nouveau moyen d'exciter leur émulation, en les entretenant de l'intérêt que vous avez la bonté de prendre à leurs progrès, et de la juste célébrité que vous avez acquise par vos vertus civiques et morales, autant que par vos Ouvrages. Je vois, avec plaisir, que cette aimable Jeunesse partage les sentimens de la vive reconnoissance et du profond respect avec lesquels j'ai l'honneur d'être,

MONSEIGNEUR,

De Votre Excellence,

Le très-humble et très-obéissant serviteur,

JACOTOT,

Proviseur du Lycée.

Dijon, 21 Fructidor an 12.

LE SONGE

DE MALESHERBES.

Au tems, aux jours affreux, où l'horrible anarchie
Excitant ses serpens, désolait ma Patrie,
Malesherbes, ce Sage, ami de l'équité,
De ses lâches fureurs ne fut pas respecté.
Ce Vieillard, dans les fers, privé de la lumière,
Traînait les derniers pas de sa noble carrière :
Sans plainte, sans murmure, obéissant au sort,
Affligé, mais tranquile, il attendait la mort.

La mort !..... c'était trop peu qu'un pareil sacrifice,
A ses tyrans cruels il fallait son supplice :
Ils contentent leur rage, ils dictent son arrêt :
Malesherbes l'apprend : — « Je meurs, c'en est donc fait,
» Dit-il, ah ! sans regret j'abandonne la vie ;
» Mais je laisse, en mourant, à ma triste Patrie,
» L'opprobre et le malheur, l'anarchie et des fers.
» O Dieu de mes aïeux, Dieu puissant que je sers !
» Dans ses derniers momens, à son heure dernière,
» D'un Vieillard malheureux écoute la prière ;

A 4

» Long-tems il a souffert, sans t'implorer pour lui ;
» Pour sa Patrie entière il te prie aujourd'hui.
» Grand Dieu ! du haut du Ciel où siége ta puissance,
» Jette un œil de pitié sur les maux de la France !
» A nos pères jadis prodiguant tes bienfaits,
» Tu semblais de ton bras protéger les Français :
» Eût-on pu croire, hélas ! que cette heureuse terre
» Ressentirait, un jour, le poids de ta colère ?
» Que du Ciel....? Dieu puissant ! apaise ton courroux ;
» Assez et trop long-temps il a pesé sur nous.
» Mais j'ose l'espérer ; ta clémence propice
» Conservera la France au bord du précipice.
» Tu lui rendras ces jours de joie et de bonheur,
» Ces momens fortunés de gloire et de grandeur,
» Qu'elle tenait de toi, que toi seul peux lui rendre ;
» La gloire des Français renaîtra de sa cendre. »

Il dit : et de ses yeux coulent de nobles pleurs ;
Un espoir bienfaisant soulage ses douleurs ;
Et bientôt le sommeil, enfant de l'espérance,
Vient dans un doux repos endormir sa souffrance.

A peine il en goûtait la paisible douceur,
Quand, tout-à-coup, brillant d'une sainte splendeur,
S'offre à lui du Très-Haut un auguste Ministre ;
De l'Ange de la mort il n'a pas l'air sinistre,

Un feu pur et divin étincelle en ses yeux.

Il approche : — « Salut, ô mortel vertueux,
» Salut, homme de Dieu ! vers toi ce Dieu m'envoie
» Verser sur tes douleurs le baume de la joie.
» Jusqu'au séjour heureux de la Divinité,
» La prière du juste et ses vœux ont monté.
» Écoute, m'a-t-il dit, Ange, à qui ma puissance
» Remit le noble soin de veiller sur la France !
» Un mortel vertueux pleure sur ses malheurs ;
» Vas lui rendre la paix et calmer ses douleurs ;
» Rends heureux ces momens, les derniers de sa vie,
» Montre-lui les destins promis à sa Patrie :
» Obéis..... Il a dit, et plus prompt que l'éclair,
» Rapide, j'ai fendu le vaste sein de l'air.
» Suis-moi donc, ô mortel que le Ciel favorise !
» Cette insigne faveur à toi seul est permise,
» De t'avancer vivant jusqu'aux portes des Cieux ;
» Viens-y voir des Français les destins glorieux.

Il a dit : sur un char de flamme et de lumière,
Tous deux ils sont montés, tous deux quittent la terre ;
Ils ont franchi l'espace ; au plus haut ciel des Cieux,
Sur ce char éclatant ils arrivent tous deux.

Malesherbes descend : ô surprise chérie !
Il croit revoir, il voit son heureuse Patrie.

Sur ces lieux fortunés qu'habitent des Français,
Il promène long-tems ses regards satisfaits.
Enfin l'Ange de Dieu parle en ces mots au Sage :
« — Du séjour des humains, ici tu vois l'image,
« Ici, de l'avenir trompant l'obscurité,
» Est le tableau des temps et de l'éternité :
» Mortel, ouvre les yeux, vois, c'est Dieu qui t'éclaire. »

    Au même instant, frappé d'une vive lumière,
Malesherbes surpris baisse ses faibles yeux :
Il les relève enfin. Dieu ! quel spectacle affreux !
A des tyrans cruels sa Patrie asservie,
Gémit en proie aux maux d'une affreuse anarchie.
L'honneur n'est plus qu'un crime, et le sang le plus beau,
Indignement versé, coule sur l'échafaud.
Que d'horreurs ! Le Français, ou tyran, ou victime,
Tombe avec les vertus, ou règne avec le crime.
Aux emplois les plus vils les temples destinés
Montrent avec effroi leurs autels profanés.

    « — Mais quel est, dit le Sage à son guide céleste,
» Ce Français.... ou ce monstre aux Français si funeste ?
» Sur un monceau de morts je le vois s'élever,
» Il commande, bientôt..... — « Bientôt, il va tomber,
Répond l'Ange au mortel, « l'instant de sa puissance
« Est marqué pour sa chûte, et ce moment s'avance ;
» Ses Amis qu'à leur tour il veut intimider,
» Autour de lui déjà commencent à gronder ;

» Seul il croit, mais en vain, résister à l'orage ;
» Que peuvent ses efforts, et sa cruelle rage ?
» Il tombe. Délivrés de son joug odieux,
» Pour un instant, hélas ! les Français sont heureux.
   » — Qu'entends-je ! Que dis-tu ? dit le Sage au Génie :
» Ils ne sont point finis, les maux de ma Patrie !
» J'espérais. » — « Vain espoir, ô malheureux mortel !
Répond en gémissant le Ministre éternel,
» Ils dureront encor les malheurs de la France :
» Ainsi le veut un Dieu, terrible en sa vengeance.

Le Vieillard, cependant, l'ame en proie aux douleurs,
De ses Concitoyens déplorait les malheurs.
Il les voit gouvernés par des mains ignorantes,
Tourner contre l'État leurs forces défaillantes ;
Des fureurs des partis trop malheureux excès !
Que vois-je ? des Français..... combattent des Français !
Puissans de nos malheurs, forts de notre faiblesse,
Nos ennemis nombreux croissent en hardiesse ;
Ils viennent, réunis, fondre ensemble sur nous :
O France, pourras-tu résister à leurs coups ?
Pourras-tu repousser leurs ligues menaçantes ?
Rassemblez, ô Français, vos forces languissantes,
Unissez-vous, du moins, contre vos ennemis ! ....
Vains discours, vain espoir ! les Français désunis
Par leurs dissentions augmentent leurs alarmes :
C'est contre des Français qu'ils dirigent leurs armes.

Malesherbes le voit, Malesherbes frémit.

« Dans ce funeste lieu pourquoi m'as-tu conduit ? »
Dit-il, en soupirant, ô céleste Génie !
« Ton malheur, ta ruine, ô ma triste patrie !
» Était-ce là, grand Dieu, ce que je devais voir !
» J'espérais ! Fallait-il m'arracher cet espoir ?
» J'espérais que le Ciel, abjurant sa colère,
» La verrait à la fin d'un regard moins sévère, ...
» — Faible mortel, de Dieu révère les décrets :
» Connais-tu les destins réservés aux Français,
Dit le Guide divin ?.... Comme il parlait encore,
Des lieux où naît le jour, où commence l'aurore,
Quel astre bienfaisant se lève radieux,
Et promet aux Français des jours moins malheureux ?
Qu'ai-je entendu ? Quel cri d'allégresse et de joie,
De Fréjus élancé, dans les airs se déploie ?
La France le répète, et l'Univers surpris,
Voit, quittant leur orgueil, fléchir nos ennemis.

Malesherbes charmé, versant de douces larmes :
» Quel pouvoir, des Français, vient finir les alarmes ?
» — Regarde ce Héros, dit l'Ange du Seigneur !
» Aux bords brûlans du Nil surpris de sa valeur,
» Il marchait : chaque pas était une victoire ;
» Tout-à-coup, il s'arrête au milieu de sa gloire.
» La voix de la Patrie a traversé les mers,
» Elle apprend au Héros ses malheurs, ses revers ;

» L'Abîme est sous mes pas, viens me sauver, dit-elle;
» Il l'entend, et docile à la voix qui l'appelle,
» Il part ; il quitte tout, sa gloire, ses succès,
» Il ne voit, il ne veut que sauver les Français.

   » Il arrive, et déjà son auguste présence
» Ranime, en un instant, leur mourante espérance ;
» Il s'avance à leur tête, et conduit aux combats
» Le Français, sûr de vaincre en marchant sur ses pas.
» Vois-le, des Appennins, franchir les hautes cimes,
» Et voler à la gloire au milieu des abîmes.
» NAPOLÉON les guide. Avec lui, sous ses yeux,
» Qui peut intimider les Français généreux ?
» Entends-tu ce long cri d'allégresse et de gloire ?
» Ton pays est vainqueur, jouis de sa victoire.
» Le Germain, que surprend cette soudaine ardeur,
» Frémit, en même-temps, de crainte et de fureur ;
» Il frémit, il voudrait résister à l'orage,
» Mais, en vain ; les Français retrouvent leur courage.
» Honteux de leurs succès, si courts, si passagers,
» Vois du sol des Français sortir les étrangers.
» Vois tes Concitoyens, fiers arbitres du monde,
» Endormir leur valeur dans une paix profonde.

   » Mais ce n'est pas assez. Au Héros, leur sauveur,
» Il faut plus que leur gloire, il lui faut leur bonheur.
» A l'arbre de Pallas suspendant son épée,
» Il revient rappeller dans la France charmée

» Les Sciences, les Arts, qui fuyaient ces climats.

» Il revient, l'abondance arrive sur ses pas.

» — Dans les détours obscurs d'une doctrine impie,

» Le Français se perdait, conduit par l'anarchie.

» Abjurant du vrai Dieu le culte révéré,

» En cherchant la nature, il s'était égaré.

» BONAPARTE paraît : à sa voix rappellée,

» Vois la Religion, si long-temps exilée,

» Se remontrer soudain brillante de splendeur.

» Vois, de l'impiété formidable vainqueur,

» Le seul Dieu tout-puissant, le seul Dieu véritable,

» En France rétablir son Culte vénérable ;

» Vois ce Héros Français, si craint, si respecté,

» Abaisser devant lui son auguste fierté.

» Il veut que les Français, renonçant aux chimères,

» Reviennent au vrai Dieu qu'ont adoré leurs Pères ;

» Il le veut, et déjà par ses soins revêtus,

» S'élèvent de ce Dieu les autels abattus.

» Ils s'élèvent : le Ciel d'un œil de complaisance......

» Mais, tandis qu'il travaille au bonheur de la France,

» Interrompt le Mortel, Ange sacré, dis-moi,

» Quel objet plein d'horreur vient me glacer d'effroi ?

» Cette Paix, qu'il avait assurée à la Terre,

» Qui donc veut la troubler ? — La perfide Angleterre,

» Cherchant à s'opposer à ses nobles desseins,

» Arme les bras cachés de lâches assassins.

» Des Français à leurs bras joignent leurs bras coupables ;

» Grand Dieu, romps des méchants les trames détestables ! ...

» Rassure-toi, dit l'Ange, un Héros tel que lui

» N'a-t-il pas sa valeur et le Ciel pour appui ?

» Dieu lui-même prend soin de veiller sur sa vie ;

» Que peuvent contre lui les fureurs de l'envie ?

» Mets donc fin, ô Mortel, à des vœux superflus,

» L'orage affreux se calme et le danger n'est plus. »

Il dit : au même instant, portés jusques aux nues,
Mille cris ont frappé leurs oreilles émues ;
Malesherbes surpris regarde. . . . . . Que son cœur,
Jouit, en cet instant, d'un pur et vrai bonheur !
Ce sont, ce sont des cris de joie et d'espérance ;
Le bonheur reparaît, il renaît dans la France ;
Le Français revenu de ses longues erreurs,
De l'Anarchie enfin déteste les horreurs.

Liberté, Liberté, précieuse et chérie,
Qu'au prix de tant de sang acheta ma Patrie ;
Ah ! loin, bien loin de lui d'abandonner tes droits !
Mais il veut être libre, esclave de ses Lois.
Il veut que de ces Lois le Pouvoir tutélaire,
Puisse tout enchaîner sous un joug salutaire ;
Il veut, à prendre un Chef, abaissant sa fierté,
Que ce Chef soit soumis à leur autorité.
Et quel est-il, celui que se choisit la France ?
Celui qui, dès long-temps, par la reconnaissance,

Commandait aux esprits et régnait sur les cœurs ;
Celui, dont la sagesse a fini ses malheurs.

Malesherbes charmé versait de douces larmes.
O ma Patrie ! après de cruelles alarmes,
Tu renais, disait-il, à la gloire, au bonheur :
Mais est-ce pour toujours que finit ton malheur ?
« C'est pour toujours, répond le céleste Ministre.
» Il ne renaîtra plus, ce temps, ce temps sinistre,
» Où, sous un joug sanglant, les Français asservis,
» Voyaient par la Terreur désoler leur pays.
» NAPOLÉON commande, et son Pouvoir propice
» Enchaîne les Partis, fait régner la Justice.
» Où les Français rampaient asservis sous des Rois,
» Gouverne un Empereur, soumis lui-même aux Lois.
» De quel éclat nouveau brille ce diadème ! . . . .
» Sur le front du Héros Dieu l'a posé lui-même.
» Commande, lui dit-il, à ces braves Français :
» Vas rendre le bonheur, l'abondance et la paix.

» Aux ordres du Très-Haut, vois le Héros fidèle
» Remplir avec ardeur une charge aussi belle,
» Sur le Peuple veiller, en mériter l'amour.
» O combien les Français béniront l'heureux jour,
» Qui, pour mieux affermir la liberté publique,
» Doit confier l'Empire à sa race héroïque !

» Et toi, farouche Anglais, Tyran altier des Mers,
» Qui depuis si long-temps pèses sur l'Univers,
       » Tremble !

» Tremble ! le Héros s'arme , il tient en main la foudre ;
» S'il frappe, c'en est fait, tu vas tomber en poudre. . . . .

Ainsi l'Ange a parlé : de rapides éclairs
Sillonnent tout-à-coup le vaste sein des airs ;
Le tonnerre a grondé ; sous un sombre nuage,
Le soleil s'est caché : du milieu de l'orage
Une voix formidable en ces mots a parlé :

» A tes yeux l'avenir s'est assez dévoilé ;
» Rends grâces à ce Dieu dont la bonté t'éclaire,
» Et sans porter plus loin un regard téméraire ,
» Satisfait du bonheur de tes Concitoyens ,
» Retourne sur la terre accomplir tes destins.

Il dit. . . . . Au même instant , frappé d'un bruit horrible ,
Malesherbes s'éveille : ô spectacle terrible !
O surprise ! Et ce Char, et cet Ange , et les Cieux,
Tout disparaît : il est dans un cachot affreux.
De barbares accens , des pas se font entendre :
Est-ce la liberté, grand Dieu ! qu'on va lui rendre?
Les portes ont tourné sur leurs gonds gémissans ,
On entre ! Dieu ! Ce sont les soldats des Tyrans.
Ils saisissent le Sage , et leurs mains inhumaines
Chargent son corps tremblant du poids d'indignes chaînes.
« Où me conduisez-vous? dit-il avec douceur. . . . .
» A la mort. — « A la mort ; ah ! j'y vais sans douleur ;

B

» Sans plainte, sans regret j'abandonne la vie;

» Je connais les destins promis à ma Patrie.

» Pour sa cause, aujourd'hui, vous me faites mourir;

» Mais sa cause, après tout, ne doit jamais périr.

» Les principes sacrés dont je suis la victime,

» Triompheront, un jour, de l'erreur et du crime.

» Je ne fais qu'un seul vœu; qu'ils durent à jamais,

» Ces momens de bonheur destinés aux Français!.....

L'AVÉNEMENT DE BONAPARTE À LA COURONNE.

COMPOSITION qui a mérité l'*Accessit* au Lycée de Dijon, par AUGUSTE PIFFOND, de la même Ville, âgé de 15 ans.

L'AVÉNEMENT
DE BONAPARTE
A LA COURONNE.

——————

Esprit céleste, ô mon Génie ! c'est toi que j'invoque ; si jusqu'à ce jour tu guidas mes pas, ne m'abandonnes pas à présent : si tu ne viens pas à mon secours, je serai obligé de rester muet, tandis que mes Compagnons vont célébrer, à l'envi l'un de l'autre, l'*Avénement de Bonaparte à la Couronne*. Pourquoi, ô Génie puissant, m'abandonnerais-tu en cette occasion ? La palme qui ornerait mon front, serait ton propre ouvrage.

La foudre se fit entendre en cet instant. Quoi ! tu m'exaucerais, ô Génie bienfaisant ! m'écriai-je, rempli de joie. J'aperçus alors une Divinité qui m'en imposait ; sa tête était rayonnante ; elle semblait me regarder avec complaisance : C'est moi, dit-elle, qui suis ton bon Génie, le Tout-Puissant m'a permis d'exaucer ta prière ; approches, mon fils, et écoute attentivement ce que je vais te dire ; puis il commença ainsi :

« L'Éternel assis sur son trône, environné d'une troupe nombreuse d'Anges et de Chérubins, était occupé à contempler la terre ; ses yeux s'arrêtent enfin sur l'Europe, il aperçoit tous les peuples ligués contre une seule nation. Cette terre, dit-il, a été assez long-tems punie de ses fautes, je veux la récompenser dignement des maux qu'elle a soufferts ; il est un homme que je réserve, pour lui faire oublier tous ses malheurs : vas, dit-il, en s'adressant à un Chérubin, vas lui annoncer ma volonté. L'Ange aussitôt, docile à sa voix, se hâte de parcourir l'horizon, et s'arrête sur l'Égypte. La nuit couvrait alors la terre de ses sombres voiles ; Bonaparte, car c'était lui qu'avait choisi l'Éternel, était livré, pour un moment, aux douceurs du sommeil. Quoi ! dit l'Envoyé de Dieu, tu dors, et la France est malheureuse! quitte, quitte ce repos, viens à l'instant, suis-moi, c'est la France, c'est ton Dieu qui te l'ordonne. Aussitôt, le Héros suit son guide divin sur le rivage de la mer ; un léger bâtiment les attendait. Monte sur ce vaisseau, dit l'Ange, bientôt je reviendrai, et tu sauras ce qu'il m'est permis de te dire et des secrets de l'Éternel et de ta destinée. L'ancre est levée, les Zéphirs se hâtent de le porter sur les côtes de la France. L'Ange alors prend la figure de ce Héros, il marche vers le camp, va trouver un des Généraux ; je pars, dit-il, pour la France, toutes les armées m'appellent à grands cris, prenez en mon absence le commandement de nos braves soldats ; adieu, je ne puis m'arrêter davantage, mon retard pourrait causer de grands malheurs. Il le quitto en disant ces mots, puis reprenant sa forme naturelle, il vole rapidement vers les cieux ; le tems d'aprendre à Napoléon sa destinée n'étant pas encore arrivé.

B 4

« Le Démon planait alors au-dessus de l'univers; il voit passer le vaisseau qui portoit le sauveur de la France; l'avenir se montre à ses yeux, il croit déjà voir renaître la paix. Quoi, dit-il, enflammé de courroux, je serais vaincu ! je ne pourrais plus me baigner dans le sang des victimes ! un homme vertueux gouvernerait la France ! non, c'est déjà bien assez que l'on ait fait justice de Robespierre et de Marat. Ce Dieu cruel n'est pas content de nous avoir plongés dans d'éternels supplices, il veut encore nous enlever l'empire de la terre ? En disant ces paroles, il vomissait des torrens de flamme; il amasse les nuages, il forme les tonnerres, la foudre gronde, les flots mugissent, il pousse lui-même les vagues sur le vaisseau, qui tantôt est porté jusqu'au ciel, tantôt est précipité jusqu'au fond de l'abîme des mers. L'Ange voit tout du haut du Ciel, il voit le danger qui menace les jours de NAPOLÉON; il court, il se précipite sur l'Esprit immonde, qui, à sa vue, pâlit et tout épouvanté, s'enfuit dans les enfers, en frémissant de rage. L'air devient serein, les ondes se calment, et le vaisseau vogue en sûreté.

« L'Ange se présente alors aux yeux de Napoléon : Je viens, dit-il, acquitter ma promesse.

« Les malheurs qu'a soufferts la France, en punition de ses fautes, ont satisfait la justice de l'Éternel. Il veut la rendre heureuse, et c'est toi qu'il a choisi pour faire son bonheur. Tu vas aborder en France, c'est toi qui vas gouverner ; n'allègue pas de vains prétextes pour t'en défendre, c'est son bonheur, c'est ton Dieu qui te l'ordonne. Quelques insensés méconnaîtront la main de Dieu ; ils voudront, par ta mort, plonger la France dans de nouveaux malheurs ; mais ne crains rien, Dieu te protégera, et sa main s'appesantira sur eux. Une nation ennemie de Dieu, dont elle a altéré le culte, te cherchera par toute la terre des assassins. Un homme, que long-tems tu

croiras ton ami, se laissera séduire par eux,
l'infortuné ! Combien il sera malheureux,
poursuivi partout de la colère de Dieu et des
remords, vengeurs des crimes ! Mais ces meur-
triers, loin de te donner la mort, la trouveront
eux-mêmes : quelques-uns ont été trompés,
tu leur pardonneras. Et ce Gouvernement par-
jure, qui rompt les traités d'alliance, et qui en-
tasse perfidie sur perfidie, bientôt l'heure de
venger tous ses crimes sonnera : tremblez, malheureux Anglais, tremblez ! le moment fatal
approche. L'Ange se tut en disant ces mots,
il en avait assez dit, le vaisseau entrait dans
le port. Il ajouta : NAPOLÉON, je vais te quit-
ter ; j'ai accompli les ordres de l'Éternel, il
ne m'est pas permis de te suivre davantage :
en disant ces mots, il disparut.

« NAPOLÉON aborde, se rend à Paris, les soldats se rangent sous ses drapeaux ; il marche
vers le Conseil qui gouvernait la France ; à sa
vue ceux qui le déshonoraient, pâlissent et
fuient de tous côtés. Alors un monstre poussé

par le désespoir, la rage, lève un fer homicide sur le Héros ; mais l'Ange qui, par de nouveaux ordres de Dieu, l'avait suivi, sous la la forme d'un soldat, se précipite au-devant du coup, le reçoit, son sang coule. BONAPARTE, qui ne reconnaissait pas en lui l'Envoyé de Dieu, se hâte de le secourir, le comble de présens. Que ne lui dois-je pas, disait-il, il m'a sauvé la vie ! Tout rentre dans le calme, et la France consolée lui apporte les faisceaux de Consul. Mais les ennemis approchent, il faut les vaincre. Le Héros rassemble les Français ; il marche au-devant des ennemis, puis avant que de livrer la bataille, il adresse ces paroles à ses troupes : « Compagnons, » leur dit-il, il faut vaincre ou mourir. »

« Le combat commence, l'air est obscurci par la fumée, les foudres d'airain vomissent au loin la mort et l'épouvante, et l'on n'aperçoit de tous côtés que des nuages de flamme. NAPOLÉON, à la tête des Français, les encourage ; il attaque les ennemis, trois fois il est repoussé, trois fois il revient au combat ; la mort vole autour de lui, il voit tomber à ses côtés ses plus courageux défenseurs ; mille coups lui sont portés et parés à l'instant.

« La Victoire planait dans les airs, encore indécise ; mais elle aperçoit Bonaparte, elle le voit rallier nos soldats et attaquer une quatrième fois l'armée ennemie. Elle vole à lui, et lui pose sa couronne sur la tête : le combat change de face, les ennemis sont repoussés à leur tour ; tremblans et éperdus, ils fuient de tous côtés, ils cherchent partout des retraites ; les nôtres, furieux de la résistance qu'ils ont éprouvée, les poursuivent avec acharnement et vont les massacrer sans pitié. Bonaparte ne peut voir égorger tant de braves soldats, il s'écrie : « Compagnons, suspendez votre cou-
» rage ; c'est assez répandre de sang ; Fran-
» çais ! épargnez le vaincu ! »

« Les ennemis demandent la paix, il la leur accorde ; l'Angleterre même alors la

réclame aussi, elle l'obtient; et le Héros, après
avoir pacifié toute l'Europe, revient triom-
phant dans la capitale de la France. Ce fut
alors qu'il s'occupa du bonheur de ce pays ;
ce fut alors qu'il fonda ces établissemens
utiles pour l'instruction de la jeunesse. Mais
bientôt le perfide Anglais rompt le traité ;
il arme, il corrompt des assassins, pour
faire périr ce grand homme. Mais le complot
prédit par l'envoyé de Dieu, est découvert. La
France fait punir ces scélérats; le magnanime
Bonaparte pardonne à plusieurs d'entr'eux.

« C'est alors que Dieu dit : « Bonaparte
» est digne de la Couronne. Sa famille régnera
» sur la France, et lui-même va devenir
» Empereur des Français. » O France, si long-
tems malheureuse, que de beaux jours vont
éclore ! Il envoie aussitôt plusieurs Anges
pour annoncer sa volonté ; tous les Français
enivrés de joie les reçoivent avec respect et en
bénissant l'Éternel. Enfin, bientôt après,
Bonaparte est placé sur le Trône impérial. »

J'ai accompli l'ordre de Dieu, me dit alors mon Génie, il faut que je te quitte, aime et honore toujours Bonaparte. En disant ces mots il disparut, et me laissa rempli d'amour et de respect pour l'Empereur, placé sur le trône de la main de Dieu.